DEUXIÈME RÉPONSE

de

TRAME-A-SEC

à la dernière Pochade

DE

JAQUINET DIT LE VIEUX CAI

Prix : 50 centimes.

A LYON

CHEZ TOUS LES LIBRAIRES

1859

Lyon, Imprimerie de Rey et Séranne, rue St-Côme, 2.

DEUXIÈME RÉPONSE

DE

TRAME-A-SEC

à la dernière pochade

DE

JAQUINET dit le **VIEUX CANUT**.

Bravo! mon Jaquinet, t'as tenu ta parole.
Vieux, que t'as de bon sens sous ta forme frivole!
Vrai, pour nous divertir ta plume a gros d'esprit;
Te ferais mal, cousin, de finir ton écrit;
Ton sujet peut fournir longtemps à la lecture,
Et t'as tort d'annoncer aussitôt la clôture.
Tiens, moi que ne suis rien qu'un âne auprès de toi,
J'ose te seconder dans ce noble tournoi.
Et, comme un chiffonnier, dans ton tas d'équevilles,
Glaner, si ça se peut, le bien que t'éparpilles.

Seulement, j'ai besoin, pour mon commencement,
D'expliquer qui je suis, et le plus rondement:
Mon nom est TRAME-A-SEC; mon parrain : ta brochure.
Sans elle, on n'eût jamais vu de mon écriture.
Un jour, pour m'amuser, ton livre m'inspira
Une page de vers qu'un ami déchira.
Du cahier, je m'entends. La page le fit rire.
Velà, vieux, l'an passé, ce que m'a fait t'écrire.

Bien connu dans Lyon que m'a vu tout enfant,
Courbé, par le besoin, au travail incessant,
J'écris pour mon plaisir; cela peut m'être utile;
Le succès vient souvent d'une cause futile.

1859

Oui, si le bon lecteur, apprenant qui je suis,
Veut bien encourager mes modestes écrits,
Je serai trop heureux, et ma reconnaissance
Au public bienveillant est acquise d'avance.

Mais pour ça, Jaquinet, il faut être connu.
J'avais compté sur toi pour ce bienfait chenu.
J'espérais que mon nom, cité dans ta brochure,
A la postérité marcherait en droiture.
Te ne l'as pas voulu, je m'incline et me tais ;
Je veux pas pour cela, vieux, te faire un procès.
Mais te me rends chagrin de voir ton oubliance
Que met tous mes projets dans la petafinance.

Là-dessus je finis mon avertissement,
Et dans mon vrai sujet je m'embarque à l'instant :

Te dis, pour commencer, que te n'es pas critique,
Et, quatre mots plus loin, ta plume frappe et pique
Les auteurs d'à-présent avec les directeurs,
Le mauvais goût public, et jusqu'à nos censeurs.
C'est vrai qu'en commençant, le vieux canut raconte
Que son timpan devrait passer à la refonte.
T'es vieux, et les anciens vantent le temps passé,
Où tout allait au mieux, ce qu'est controversé
Par les vieux d'autrefois, que s'avisaient de dire
Que, dans ton jeune temps, on savait pas écrire.

Dans cinquante ans d'ici, si Dieu me le permet,
Aux jeunes gens d'alors je ferai le souhait
D'être comme aujourd'hui. Pardon si je te bloque.
Des temps passés, présents, respectons la défroque ;
Les âges, vieux ami, se ressemblent toujours ;
Les censeurs de tout temps font les mêmes discours ;

Un sermon trop sévère est souvent inutile.
Pour savoir châtier, faut savoir être habile ;
Faut pas exagérer comme on en voit beaucoup.
Qui prêche à des moutons, doit pas se faire loup.

Dans ton temps, florissait le fameux mélodrame,
Où le traître toujours assassine une femme,
Empoisonne son frère, égorge ses enfants,
Et ne parle jamais qu'avec des mots ronflants :
Enfer ! damnation ! ou bien : mort de ma vie !!
Par le fer ! par le feu ! par ma dague rougie !!...
L'acteur disait ces mots en criant comme un sourd,
Et le grand maître était : Monsieur Pixérécourt.

Je parle en général, mais, vieux, à cette époque,
Ça se passait ainsi. Que cela ne te choque.
Certes, comme aujourd'hui, des hommes de talent
Se montraient quelquefois, mais, non pas plus souvent.
Au contraire : en ton temps, je persiste à le dire,
Le théâtre du peuple allait du mal au pire.
De nos jours, les auteurs ont une tension
A se moraliser dans leur production ;
Et le *Fils naturel*, que te prends à critique,
Pourrait te demander quelle mouche te pique.
Que vois-tu là-dedans qui soit bien scandaleux ?
Comment feras-tu donc une pièce, mon vieux,
Si te retranches tout ce qu'au bien est contraire ?
Pour triompher du mal, le bon n'a rien à faire ;
Te deviens ennuyeux ; te n'as plus d'intérêt,
Et le public, cousin, te lève son bonnet ;
Te deviens l'orateur d'une chaire publique,
Qui, dans le Sahara croit souvent qu'il s'explique.

Je te dis pas pourtant qu'il faut tout approuver.
Non, je dis seulement qu'il faut pas tout blâmer.

Te sais bien que, sans œufs on fait pas d'omelette.
Le théâtre peut pas exister sans grisette.
Nos farceurs, après tout, remplacent Tabarin,
Et même, dans Molière, on voit Georges Dandin,
Et bien d'autres sujets que sont tout aussi lestes,
Pour ne pas dire plus, et de mots et de gestes.

On a toujours crié contre les écrivains,
Malgré que le succès signe leurs parchemins.
Boileau, sous le grand roi, disait au grand Molière :
Votre plume, trop libre, est souvent ordurière.
Quand Beaumarchais donna son fameux *Figaro*,
On mettait son talent au-dessous de zéro.
Richelieu tout-puissant médisait de Corneille.
Eh ben, mon vieux cousin, ta critique est pareille,
Quand te tappes si dru sur le *Fils* à Dumas,
Toi qui es si malin, je te reconnais pas.

Des auteurs de nos jours Dumas est le modèle ;
Dumas le fils, s'entend, comme chacun l'appelle.
C'est un jeune homme plein d'avenir, de talent.
Enfin, d'un père illustre il est l'illustre enfant.
Dumas fils, de nos jours, a créé son école,
Avec Emile Augier : encore une autre idole.
Leur talent, ferme et droit, a pris le bon chemin.
Chez eux l'esprit, le cœur vont se donnant la main.

Ouf ! enfin j'ai fini ma trop longue tirade.
Daigne, mon vieux ami, pas la trouver trop fade.

Après ça, te t'en vas promener dans le Parc ;
Là, t'es brave tout plein lorsque, bandant ton arc,
Te vas frapper au cœur ta dodon trop timide....
Ah ! bigre!... j'oubliais que t'es d'humeur rigide !

As pas peur, nous serons bien d'accord là-dessus ;
J'aime pas la licence, et j'en fait pas abus ;
Je pense, comme toi, qu'on ne devrait écrire
Que des mots qu'un enfant au front pur pourrait lire.

Te fais pour ta dodon de beaux vers, très heureux.
De te le dire ici je suis content, mon vieux.
Ta musette à ravir et se joue et badine.
Te-n-en peux dévider (t'en as sur ta bobine !)
De cet esprit farceur que donne un coup de pied,
Que fait rire à gogo, sans que l'on soit fâché.
Sur le Parc, après toi, je lâche ma roquille.
J'aime mieux, sur la Bourse, escrimer mon étrille.
Te passes sur son compte un peu légèrement ;
T'as peur d'être trop long ; t'as de discernement.
Moi que n'en suis encor qu'à la cinquième page,
Je vas, sur ce sujet m'étendre davantage ;
Sur ce travers du jour, de parler j'ai besoin,
Et puis, pour être clair, je remonte un peu loin ;
De côté, pour un peu, laissons le mot pour rire ;
Soyons utile, enfin ; c'est le but où j'aspire.

Jadis, te t'en souviens, l'ouvrier sage, heureux,
Par le travail, toujours voyait combler ses vœux.
Sa femme et ses enfants travaillaient, la semaine,
Et regardaient dix francs comme une bonne aubaine,
Quand on les avait mis, dans six jours, de côté,
En mangeant très souvent de fromage, l'été.
L'habit du grand-papa faisait l'habit du père.
Avec l'économie, on narguait la misère.
Tous les jours, doucement le magot grossissait,
Puis, sans ambition, sans un gros intérêt,
Pour être sûr de lui, l'on cherchait une place,
Quelquefois sur l'Etat, en faisant la grimace,

Mais, toujours avec joie, à-n-un bon fabricant,
Que vous donnait pour ça le joli cinq pour cent.
Dans ce temps, l'ouvrier, heureux d'un sort modeste,
Ne pensait pas souvent à rallonger sa veste.
Content de son destin et remerciant Dieu,
S'il avait la santé, se contentait de peu.
Mais le démon du mal, que jamais ne paresse,
Voyant qu'en son enfer il n'avait plus la presse,
Fit sa malle et s'en vint sur terre en financier.
Ce jour-là, le canut déserta l'atelier.
Celui que, jusqu'alors, avec un beau courage,
Gagnait, en travaillant, le pain de son ménage,
Rêva le million à la Bourse gagné
Du jour au lendemain, sans s'être fatigué.

Hélas! le pauvre ami lâche la proie pour l'ombre,
Et des dupes du jour vient augmenter le nombre!
Il commence d'abord par agir sagement,
Et ne prodigue pas tout d'un coup son argent,
Achète une action, une seconde ensuite.
Il gagne un peu dessus et, pour aller plus vite,
Etant encouragé par cet appât trompeur,
Il opère à crédit et devient escompteur.
Le souci, malgré lui, vient tenailler sa tête;
Tous les jours, on le voit en beaux habits de fête;
Tous les jours, à la Bourse, oubliant son métier,
Le canut, vieux cousin, se déguise en croupier!
Il lit tous les journaux, et sa pauvre cervelle,
De la hausse, sur tous, cherche en vain la nouvelle.
Il a dix mille francs à payer fin du mois!
Il faut réaliser, ça le met aux abois.
Chez son agent de change, avec sa signature,
Il obtient, s'il est bon, crédit pour couverture.
Il espère arriver par une autre valeur.
Il opère dessus, mais, quel est son malheur!

A pas démesurés s'approche l'échéance.
Il faut réaliser, et la baisse s'avance !!...
Il comptait sur la hausse, et se trouve ruiné !
Puis, il rentre au logis faire son satiné ;
Heureux si la leçon n'est pas trop inutile ,
Et si, pour travailler, son bras revient docile.

Combien de bons bourgeois imitent le canut,
Et s'en vont, comme lui, payer même tribut,
Et, combien de marchands, faisant bien leurs affaires,
Que cet oiseau de proie a broyés dans ses serres !

Qu'est-ce qu'un bénéfice amené par le jeu ?
Un bonheur non permis par la morale et Dieu.
Le travail, seulement, est la plus sûre bourse.
Du vrai bonheur, enfin, lui seul mène à la source.
Tout gain facilement, promptement ramassé,
Ne fait point de profit et n'est que déplacé ;
Il nous brûle les doigts, et l'on rêve sans cesse
Aux moyens dangereux d'augmenter sa richesse.
Le hasard inconstant, dans un seul coup de dés,
Nous reprend les trésors qu'il nous avait donnés.

La Bourse est nécessaire aux grandes entreprises.
Laissez les matadors y perdre leurs chemises.
Le gros, toujours, le gros y mange le petit.
Gros intérêt chanceux vaut pas petit profit.
Redonnez votre argent à l'Etat, au commerce.
Chassez loin de vos yeux ce leurre qui vous berce.
Le commerce ira mieux, vous travaillerez plus,
Et laisserez pour vous se ruiner les Crésus.

Terminons là-dessus par une pauvre pointe,
Nouvelle encor, je crois, et pas du tout reteinte :

Puisque l'on va sculpter bientôt ce monument,
Voici ce qu'on devrait représenter devant ;
Afin de mieux apprendre, à ces joueurs novices,
Combien sont là-dedans rares les bénéfices :
Faudrait que l'on y mît un homme gros et gras,
Portant des sacs d'écus, en collier, sur ses bras,
Et cent autour de lui, dont les tristes figures
Feraient voir un heureux, et cent déconfitures.
Peut-être ça pourrait donner à réfléchir
A ceux qui là-dedans entrent pour s'enrichir.

Velà, mon vieux cœur, ce que j'avais à dire
De la Bourse, et que toi t'aurais ben pu z'écrire,
Car, pour sûr, mieux que moi te t'en serais tiré,
Et l'ami Trame-à-Sec serait pas censuré.

Je t'avertis, cousin, si te veux bien me lire
Jusqu'au bout, que je vais continuer de dire
Encor plus sérieux. Si ça t'embête trop,
Laisse là Trame-à-Sec, et puis, pars au galop.

Comme t'as bien dépeint la rue Impériale
Que part en ligne droite, et fait la diagonale !
Comme te décris bien ceux que s'en vont portant
Le jour, qu'on fait la nuit, et que rend si brillant
L'étalage pimpant qu'on voit dans les boutiques !
Pardon, rayons ce mot. Ces endroits magnifiques,
Ces bazars si pompeux où l'on se perd dedans,
C'est plutôt de palais qu'habitent de marchands.
D'aucuns s'en vont riant de voir tant d'élégance.
Dans tous ces magasins, moi, pauvre vieux, je pense
Que, souvent ce que luit n'est pas toujours de l'or ;
Et qu'on voit plus d'un lit dedans le collidor,

Tant le loyer est cher, et tant on veut paraître.
Le marchand d'aujourd'hui met tout dans sa fenêtre.
Les rayons sont fermés, et pour bonnes raisons.
C'est qu'avec peu d'argent on fonde les maisons.

On fait plus d'ouvriers, maintenant, dans les villes.
On veut plus de nos jours de ces métiers tranquilles,
Où l'artisan, souvent, se fait un sort heureux,
A l'abri des soucis d'un commerce orageux.
Sur vingt petits marchands qui, sans le sou travaillent,
Un seul peut réussir, et les autres gueuzaillent.
Ne pouvant escompter (c'est là seul qu'est le gain);
Aussi, quand j'en vois tant, ça me fait de chagrin.

Mais laissons les petits, ce sont là ceux que j'aime.
C'est sur les grands bazars que je crie anathême.

Je comprends le travail, je comprends la raison,
Et laisse un libre essor à toute ambition.
Je reconnais que Dieu fit pas les parts égales,
Mais, du juste à l'excès, il est des intervalles.

Là-dessus j'ai besoin, mon cousin Jaquinet,
De me chauffer les pieds et me mettre un bonnet.
Il est près de minuit, car, le jour, je travaille.
C'est jamais que le soir que mon cerveau rimaille.

Daigne un instant, mon vieux, prêter attention.
Surtout, te trompe pas sur mon intention.
Je ne suis pas du tout l'ami du communisme,
Qui du partage égal a fait son catéchisme.
Non, non, pour ce parti je me sens pas de goût;
J'aurais rien à gagner dans le change, après tout.

Content de mon destin, content de ma fortune,
En travaillant, je vis de mon petit pécune.
Modeste dans mes goûts, heureux dans mon logis,
J'ai pas l'ambition d'avoir de beaux lambris.
Mais je vois une aurore, hélas! qu'est pas bien claire
Pour l'avenir heureux de la classe ouvrière.
Tous ces grands magasins mangeront les petits.
Les ouvriers jamais pourront être établis.
En effet, comment donc auraient-ils l'espérance,
Dans vingt ans, de pouvoir, dans notre belle France,
Avec très peu de fonds, ouvrir des magasins,
Sans se voir dévorés par leurs puissants voisins?

Avant ça, j'ai parlé qu'on ouvrait de boutiques
Sans avoir de l'argent, ni même de pratiques;
Je pense pas qu'on va confondre tous les deux;
Je parle, cette fois, des gens laborieux.

Je comprends le commerce, ainsi que le négoce
Que traite un seul article, et que roule carosse.
C'est pas ça qui fait tort aux ouvriers français;
C'est tous les grands bazars et leur vente au rabais.
Si j'étais le public, j'y mettrais pas la patte,
Pour pas encourager ce commerce pirate.

A présent, cher cousin, je m'en vais, sans retard,
T'expliquer de mon mieux ce que c'est qu'un bazar.
Ne t'imagine pas que je double la dose,
Je dis que ce qui est, et dis pas autre chose :

Ouvrier, dans mon temps, j'ai voyagé beaucoup.
J'ai visité Paris et Londres, coup sur coup.
J'ai travaillé dix ans dans ces deux capitales,
Et c'est là que j'ai vu ces maisons colossales,

Où jusqu'à cent commis, élégamment vêtus,
Vendaient, dans un seul jour, pour trente mille écus
De rideaux, de lacets et de porte-allumettes,
De châles, de chaussons, de boutons de manchettes,
Avec de caoutchoucs, de robes à volants,
De tapis, d'encriers, avec de cure-dents,
D'amadou, de papier, de savons pour les taches,
De biberons Darbo, de manches de cravaches,
De fleurs et de couteaux, de caleçons-tricot,
Et de-z-habits tout faits qu'on appelle pacot,
De flacons, de-z-odeurs, de ballons élastiques....
On dit même qu'ils vont placer les domestiques.

Du bazar le moyen et l'attrait principal,
C'est l'appât, fort trompeur, du bon marché fatal.
Tout le monde est tenté par d'adroites réclames,
Qui vont s'insinuant dans le faible des femmes,
Qu'est d'acheter toujours du brillant à bas prix,
Croyant faire, par là, d'avantageux profits.
Erreur qu'est partagée, hélas, par bien de monde,
Et fait que le public dans le bazar abonde.
Pourtant rien n'est plus faux que le grand bon marché
Que trouve, de nos jours, un si grand débouché.
Mieux vaut un tiers de plus payer la marchandise,
Que dure au moins deux fois le camelot, que vise
A capter le regard d'un public ignorant,
Et, par ses prix réduits, se pose en conquérant.

Puis la baisse des prix fait baisser la main-d'œuvre.
Et, regarde, cousin, comme ça se manœuvre :
L'ouvrier gagnant moins, pourra moins dépenser ;
Le riche aura pas tant d'argent de son loyer.
C'est du petit au grand que ça descend et monte.
Qu'on réfléchisse à ça, car ce n'est pas un conte.

Supposons dans vingt ans que l'on voie, dans Lyon,
Vingt bazars que vendront, par an, six millions ;
Chacun d'eux, je m'entends, faut pas que ça-z-étonne ;
Attends voir à présent un peu que j'additionne :
Ça fait, tout au bas mot, au moins cent millions
De-z-affaires par an, approchant, tous les fonds
Que dépense la ville ainsi que la campagne,
(Ces bons gros paysans, les seuls sur qui l'on gagne.)
Compte, calcule, après il ne reste plus rien
Pour le petit marchand qui meurt dans le besoin.

Eh ben velà, mon cher, le but qu'on doit atteindre,
Si l'on vient pas à bout un peu de les restreindre.
L'ouvrier gagnait plus autrefois, c'est certain,
Alors qu'on ne voyait que l'humble magasin.
A Paris, de nos jours, dans ces maisons nouvelles
Le gain des travailleurs, par de baisses mortelles,
Se voit diminué. Que le gouvernement
Fasse faire une enquête, et il verra comment,
Dans les habits tout faits, on donne à l'ouvrière
Dix sous, peut être un franc, pour la journée entière !
Moi, j'ai vu tout cela ; j'ai vu la pleine cour
D'ouvriers, attendant pour passer à leur tour,
Et recevoir ensuite, après bien de la peine,
Dix francs pour le travail de toute une semaine !
Chez le petit tailleur, le plus mince ouvrier
Gagne encor ses vingt francs, sans autant travailler.
Velà, velà les fruits, fameuse concurrence !
Et te ne fais pourtant que commencer en France.

O vous ! grand Empereur, que gouvernez l'Etat,
Tendez-nous votre main. Soyez notre avocat.

Oui, j'ose vous le dire en tremblant, je l'avoue,
Sire, du travailleur on décharne la joue.

Tous ces grands magasins qui brillent dans Paris,
Sucent comme un vampire ouvriers et commis.
Le pauvre détaillant, artisan de fortune,
Par ces gargantuas, tombe dans l'infortune.
Dans trente ans, si ça va toujours continuant,
Le bazar aura mis la boutique au néant.

Puis après, tous entr'eux se déclarant la guerre,
Le plus fort, à son tour, mettra le faible en terre.
Paris se suffira avec deux cents bazars,
Autant de suzerains qu'auront fait les hasards.
Ainsi ce grand Paris, où l'on voyait naguère
Deux cent mille marchands, bientôt n'en aura guère
Que trois mille ou bien deux, ou peut-être encor moins;
C'est ce dont nos enfants, Sire, seront témoins.

Pourquoi qu'un médecin doit moisir dans la classe,
Afin d'avoir le droit d'employer la potasse,
Quand le premier venu peut, avec son argent,
Exercer un état sans y être savant?
On devrait pas pouvoir ouvrir une boutique,
Sans avoir, comme avant l'ancienne République,
Travaillé tant de temps et montré son savoir,
Comme les compagnons le font dans le devoir.

Quand le spéculateur veut nous refaire esclaves,
Le pouvoir bienveillant doit chercher des entraves.
Vous, les puissants du jour, qui régnez au Conseil,
Soyez bons, gardez-nous notre place au soleil.

Allons, assez causé, laissons-là cette corde.
On pourrait supposer que je veux la discorde.
Tandis que je ne veux que la juste équité.
Reprenons le sujet où toi te l'as quitté.

T'as pas parlé, cousin, du beau jour de la vierge,
Qu'était illuminé, jusques chez mon concierge.
C'était d'un bel effet, surtout sur le coteau,
D'où la vierge sourit en voyant son troupeau
De fidèles zélés, dont la reconnaissance
Mérite de son cœur l'auguste bienveillance.
J'aime à voir, dans Lyon, chacun y concourir,
Et garder à sa fête un touchant souvenir.

Je suis de ton avis ; j'aime la préfecture
Qu'enlève aux monuments la réparable injure
Que le temps leur avait laissée dessus la peau ;
Laquelle était, te sais, noire comme un corbeau.
Avec les changements qu'on a faits dans la ville,
On pouvait pas laisser le badigeon tranquille.
Et notre autorité fait bien de commander
Aux gens récalcitrants de se débarbouiller.
Les loyers sont, pour ça, bien assez raisonnables,
Pour qu'ils fassent un peu leurs maisons présentables.
Pourtant, dans bien de coins yen a, dans ce moment,
Que sont loin de paraître un miroir éclatant.

Et même, à ce sujet, dedans la Grand'Mercière,
On voit, à deux endroits, l'ancien pavé de pierre.
Ça serait pas grand'chose, et pas bien important,
Mais c'est l'air de frondeur que s'attache devant :
Chacun sait qu'en bitume on a pavé la rue.
Jusque-là, rien de mieux. Mais la chose incongrue,
C'est de voir ces endroits, grands comme vingt gros sous,
Que devant ce progrès hurlent comme des loups,
Rappeler à celui que foule leur présence,
Que tous les entêtés ne sont pas morts, en France.

Vieux, t'as bien oublié de parler des bassins
Que sont à Bellecour et que font des dessins,
Des ronds et des zigs-zags, que sont pleins d'élégance,
Et que tout un chacun a-z-admiré, je pense.
Le jet du milieu s'élance crânement.
A celui que l'a fait, j'adresse un compliment.

Mais dans ces réservoirs, mon vieux, ce qui m'amuse,
C'est les cygnes tout noirs. Moi que suis qu'une buse,
Je m'étais figuré qu'il n'en existait pas.
Et, quand je les ai vus, j'en ai tombé mes bras.
Ils avaient beau nager dans leur grande baignoire,
A la réalité je ne pouvais pas croire.
Comme je m'étonnais, un vieux, clignant de l'œil,
S'aprocha, puis me dit : Moi je les crois en deuil.

Aux anciens cordeliers, notre femme sans tête,
Voyant qu'elle jurait devant pareille fête,
Vient de déménager. Seulement je sais pas
Où notre autorité va diriger ses pas.

Je dis rien, après toi, sur la nouvelle rue
Que doit prendre aux Terreaux pour sa première issue,
Et jusqu'à Bellecour aller continuant.
La Suisse, cette fois, nous fournira l'argent.
Ainsi donc, nous verrons, chez nous, propriétaires,
Les étrangers, quand nous, seront les locataires.

Ce que te n'as pas vu, pour très bonne raison,
Vu que te n'y vas pas dans aucune saison,
C'est les débuts qu'ont faits, à notre Grand-Théâtre,
Six tenors au complet, qui se sont tous fait battre.

Apprends donc, Jaquinet, qu'à présent les tenors,
Pour chanter, s'ils sont bons, demandent des trésors,
Que suffiraient vraiment pour nourrir une ville.
Car les francs, pour un mois, se comptent par six mille.
Encor, ça ce n'est rien : on m'a dit qu'à Paris
On voyait des tenors qu'avaient trois fois ce prix !

Te parles pas non plus des femmes-crinolines,
Que semblent, en marchant, remuer des collines.
Cette mode toujours prend de l'extension.
Tout le sexe-n-en porte aujourd'hui, dans Lyon.
Si bien que, l'autre jour, ma femme de ménage,
Pour en mettre à sa fille, a pris ma vieille cage,
Et que, pour elle enfin, cassant mes vieux tonneaux,
Elle a sous ses jupons placé tous les cerceaux.

Pour cette fois, ici j'arrête mes critiques.
Au jour de l'an prochain j'ajourne mes pratiques.
Mais, avant de fermer pour un an mon livret,
Encor deux petits mots, mon cousin Jaquinet.
Va, j'aurai bientôt dit, un peu de patience.
Quatre lignes plus bas, je te donne vacance.

Te dis, pour commencer, que t'aurais peur, mon vieux,
De perdre, en critiquant, ton restant de cheveux ;
J'ai pas peur comme toi qu'on dépouille ma nuque.
Si je perds mes cheveux, je porterai perruque.

Lyon, le 6 janvier 1859.